李飛鵬
攝影詩集

李飛鵬——著

【總序】
二〇二四，不忘初心

李瑞騰

一些寫詩的人集結成為一個團體，是為「詩社」。「一些」是多少？沒有一個地方有規範；寫詩的人簡稱「詩人」，沒有證照，當然更不是一種職業；集結是一個什麼樣的概念？通常是有人起心動念，時機成熟就發起了，找一些朋友來參加，他們之間或有情誼，也可能理念相近，可以互相切磋詩藝，有時聚會聊天，東家長西家短的；然後他們可能會想辦一份詩刊，作為公共平臺，發表詩或者關於詩的意見，也開放給非社員投稿；看不順眼，或聽不下去，就可能論爭，有單挑，有打群架，總之熱鬧滾滾。

作為一個團體，詩社可能會有組織章程、同仁公約等，但也可能什麼都沒有，很多事說說也就決定了。因此就有人說，這是剛性的，那是柔性的；依我看，詩人的團體，都是柔性的，程度當然是會有所差別的。

「臺灣詩學季刊雜誌社」看起來是「雜誌社」，但其實是「詩社」，七、八個人聚在一起，辦了一個詩刊《臺灣詩學季刊》（出了四十期），後來多發展出《吹鼓吹詩論壇》，先有網路版，再出紙本刊；於是就把原來的那個季刊，轉型成學術性期刊，稱《臺灣詩學學刊》。我曾說，這一社兩刊的形態，在臺灣是沒有過的。這幾年，又致力於圖書出版，包括同仁詩集、選集、截句系列、詩論叢等，迄今已由秀威資訊科技出版超過百本了。

根據白靈提供的資料，二〇二四年的出版品有六本（不含蘇紹連主編的「吹鼓吹詩人叢書」），包括斜槓詩系二本、同仁詩叢四本，略述如下：

「斜槓詩系」是一個新構想，係指以詩為主的跨媒介表現，包括朗讀、吟唱、表演、攝影、繪圖等，今年出版兩冊：（一）《雙舞：AI・詩圖共創詩選》（郭至卿及愛羅主編）、（二）《李飛鵬攝影詩集》。李飛鵬是本社新同仁，他是國內著名的耳鼻喉科醫師，曾任北醫院長、北醫大學副校長，在北醫讀大學時就開始寫詩，也熱愛攝影，詩圖共創是其特色。至於《雙舞》，則是本社「線上詩香」舉辦的「AI・詩圖共創」競賽之獲選作品，再加上同仁發表於「線上詩香」的AI・詩圖共創作品，結集而成。「線上詩香」是本社經營的網路社團，是一個以詩為主的平臺，由同仁郭至卿主持，原以YouTube 、Podcast運作，主要是對談，賞析現代新詩文本，具導讀功能；惟近來已有新的發展，那就是以詩為主的跨媒介表現，亦即所謂「斜槓」，為與時潮相呼應，二〇二四年舉辦了兩回【AI・詩圖共創】競賽，計得優選和佳作凡四十件。參賽者將自己的詩作以AI繪圖，詩圖一體，此之謂「共創」。對他來說，「詩」以文字為媒介創作；至於「圖」，以其表達意志結合AI運作生成圖片。所以這裡的要點是，詩人想要有什麼樣的圖來和他的詩互文？又如何讓AI畫出他想要的圖？另外一種情況是，操作電腦生成圖片者如果不是詩人自己，那麼他對於詩的理解將大大影響圖之生成。與此相關的議題很多，需要有專業的討論。我們在本書出版之前，先在中央大學舉辦以「AI・詩圖共創」為名的展覽和論壇（十月十五日），建構新詩學。

「同仁詩叢」今年有四本，包括：（一）李飛鵬《李飛鵬詩選》、（二）朱天《琥珀愛》、（三）陳竹奇《島嶼之歌》、（四）葉莎《淡水湖書簡》，詩風各異，皆極具特色，我依例各擬十問，請作者回答，盼能幫助讀者更清楚認識詩人及其詩作。

詩之為藝，語言是關鍵，從里巷歌謠之俚俗與迴環復沓，到講究聲律的「欲使宮羽相變，低昂互節，若前有浮聲，則後須切響」（《宋書・謝靈運傳論》），是詩人的素養和能力；一旦集結成社，團隊的力量就必須凝聚，至於把力量放在哪裡？怎麼去運作？共識很重要，那正是集體的智慧。

最後我想和愛詩人分享一個本社重大訊息，那就是本社三刊（《臺灣詩學季刊》、《臺灣詩學學刊》、《吹鼓吹詩論壇》）已全部從紙本數位化，納入由聯合線上建置的「臺灣文學知識庫」。這應該是臺灣現代詩刊物的首創，在「AI・詩圖共創」（展覽和論壇）於中央大學開幕的次日（十月十六日）下午，聯合線上在臺北教育大學舉辦「從紙本雜誌到數位資料庫——臺灣詩學知識庫論壇」活動，由詩人向陽專題演講〈臺灣詩學的複合傳播模式〉，另邀請本社社長與主編群分享現代詩路歷程與數位人文的展望。

臺灣詩學季刊社與時俱進，永不忘初心，不執著於一端，恆在應行可行之事務上，全力以赴。

【推薦序】
拈葉含笑的醫生詩人

白靈

像每一首詩的誕生一樣，人人都各自書寫著一首謎一樣的生命之詩。千萬人之中每個人的際遇都是天差地別的，只因偶然或刻意經過某一個點，選擇或被選擇了不同的路向，自此地北天南，各自發展出迥然不同的人生故事來。

詩是靈魂的飛行器，當你「駕詩」飛翔時，若有人偶然在機窗外遠遠跟你說哈囉，不論他寫不寫，只要他愛詩，彼此就找到了最好的溝通密碼了。也因此，李飛鵬與我一醫一工，本很難交會，只因都喜歡詩，乃偶然在四、五十年前於耕莘青年寫作會之「寫滿了字的沙灘上」，因緣際會地因詩而摩肩碰撞過，也只打過幾次照面，從此各自分飛，長久未相往來。卻因幾年前有點耳鳴問題去台北醫學院看病，瀏覽醫師頁面時「偶遇」了他，從此又因「詩的中介」再有了聯繫。

幾十年來他從事著精彩繽紛的醫事生涯，穿梭於無數老幼男女的生老病死中，摩娑成一位經三家大型醫院院長資歷、具豐盛「穿生透死」歷練的醫生，我則腳踏兩船過著「日工夜詩」的雙面人生。很難想像，理當忙碌異常的李醫師，專心致志於其職涯，卻從未忘卻初心，在臨退休之前，先以幾本童詩集的出版「掩人眼目」，接著在退休後才幾年間，分三回整理，將他一生也不知何時何地寫下的近八百首詩作，分三大本詩圖集重磅暴雷似呈現，分量之多，真是令人結舌瞪目。

好事者，恐大多會心中存疑，此位當年三院院長及副校長退休的耳鼻喉專科醫師，是自何時何處於何人眼中鼻中耳中掏出如此諸多詩作的？又是何等忍功可忍如此四十餘年不發表，末了卻以長條鞭炮連番炸響，害讀詩人皆措手不及，不知如何短時間消化他如是厚重的詩作品？

也因數十載未與詩壇有何接觸或往返，其寫詩之方式或視角，另類詭異，自有其純真素樸之處，也有其獨特的觀看和領會，尤其是對生命之脆弱易折、醫事之複雜弔詭，深有體悟。比如他大部頭詩圖集《悲傷的建築》及《那門裏的悲傷》兩冊，記錄了行醫生涯中所見人之老、病、和死，寫出了迄今從未見過有其他詩人有如是豐厚的經驗和描述。第三本大書《在裂隙中完成艱難的旅程》則對眾生於各種境遇之裂隙中如何艱難存活，留下了他人所難為的見證。他的醫師生涯，幾乎像個布道者或宗教家，努力鼓舞眾生如何突破困境，求得生存或快活的路徑。

這本攝影詩集則是上述三本大書中偶然掉下來的幾片小葉，他隨手拾起重編，加上他拿手的攝影家角度，將他悲天憫人的傳道人精神，和李商隱、李賀似奇詭另類的行徑和角度，切入其中，俯瞰世界、重觀人生，對生之有限、命之易脆、大限來時一切如浮雲、努力一輩子能留下什麼……等等大有感懷，以是凡日常所見無不是生命的符碼或代表物：窗子是四象限、鐵物是鎖鏈、立桿是權杖、牆角小花是艱難之詩、枯葉是破敗身體、斷木是扭曲之臉、X 光片有張苦臉、訃聞如鳥翼飛至、告別式的遺照如不怎樣的盆景插著、車速限制即人生大限……等。他尤其對於落葉的各式「表情」和衰毀形式更是深有體認，或金亮完整福相十足、但大半蟲噬破裂、或扭曲變形、或歪斜病態、枯萎衰脆，不一而足，無不可與其醫師經歷中的諸多生死病痛現象，相互驗證，即使當年高掛枝頭，揚風灑脫，有朝萎落於地，莫不隨風揚去。凡此種種，更堅定了他寫詩作為一生志業的心願，詩成了他自《悲傷的建築》、《那門裏的悲傷》、及《在裂隙中完成艱難的旅程》中脫拔而出的最大驅力。

對李飛鵬而言：

詩是石灰牆上硬長出的一片綠葉

以這片綠葉他就可「拈葉含笑」，以之對抗或抵擋那些必然衰微腐朽的生命的落葉。這片詩的葉子不只能鑽牆而出，且不注意間就長了翅，待會兒又將：

詩總像一隻鳥　倏忽
自靈魂的窗前飛過

詩越寫越多，成群結隊時更是壯觀，比那些醫學論文或病歷報告有意思一百倍、一千倍：

那一整本詩集裡的詩
則如一群鳥結伴列隊飛行

他也了解，只要有一片詩的葉子能「常青」，這一生就夠了：

詩中至少要有一行
像射出一發子彈

和讀者對決

他說的「一行」是「人生不如一行波特萊爾」的那一行嗎？這一行要力道如子彈，是要射向眼睛，射向心，射進靈魂裡的。四、五十載於醫學生涯裡浮沉，他的感悟竟是：

如果你寫不出一首可流傳好詩
浮生就真的如雲

如此李飛鵬越看越不像一位醫病的醫生，更寧願是一位企圖點亮世人靈魂的醫生了：

最後
只剩下寫詩
如這根小小的樹枝

還綠著一片葉子
如最後熄滅的
一盞燈

樹斷了無妨，枝枯了也無礙，只要還留有一根小小的樹枝，「還綠著一片葉子」，就仍生氣勃勃、必可堅持活存，「如最後熄滅的／一盞燈」，於眾暗中亮一陣子，則餘願已足，他即可「拈葉含笑」，捨生或捨身離去。世之痴迷於詩如斯如李氏其人者，真是不多見啊！

單就李氏痴詩如是，即知其人可愛、其詩其圖可讀，何況其詩如其人，幽默可親，三言兩語即可用比喻讓病人破啼為笑，他最愛開的處方是一帖名叫「詩」的藥，簡短幾句即微露禪意，像一位要點化世人轉念的禪師。此攝影詩集乃其牛刀小試之作，愛詩人或可回溯閱覽他更大部頭的三本詩圖集，或能更深領會此醫生詩人如何自悲傷人生和裂隙生命中提煉出與眾不同的詩章來。

目　次

詩

詩　總像一隻鳥　倏忽
自靈魂的窗前飛過

那一本詩集

那一整本詩集裡的詩
則如一群鳥結伴列隊飛行

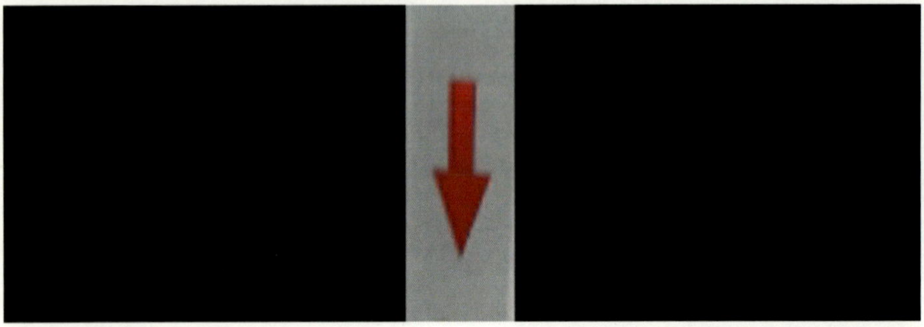

對決

詩中至少要有一行
像射出一發子彈

和讀者對決

寫一首詩

如在大水中
掙扎出水面
吸一口氣
又沉了下去

那身影
如你

試著寫一首詩

詩是

詩是石灰牆上硬長出的一片綠葉

浮生如雲

如果你寫不出一首可留傳好詩

浮生就真的

如雲

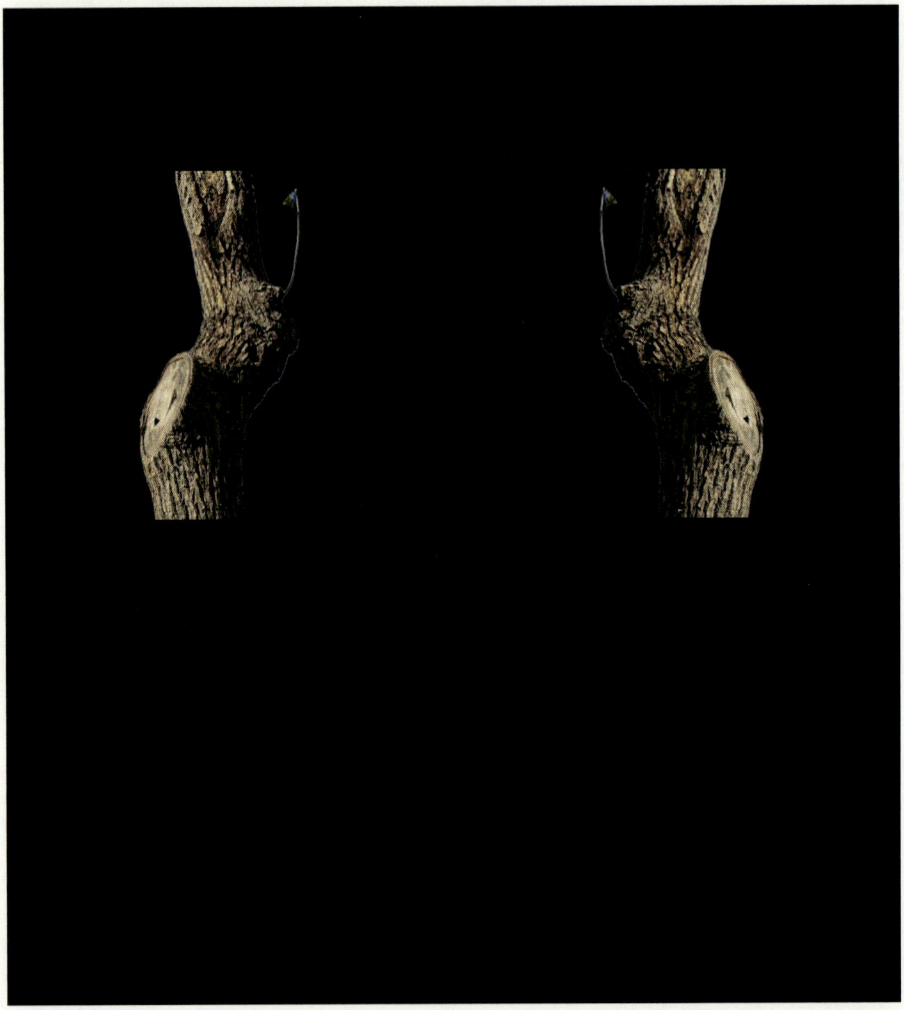

最後熄滅的一盞燈

老了
覺得人生的歷程
如這棵駝了的
樹

身上的枝幹
就是切了
再切

如想法　工作
不如意

一再放棄
痛苦切割

即使做得再久　再好
不得不退出

最後
只剩下寫詩
如這根小小的樹枝

還綠著一片葉子
如最後熄滅的
一盞燈

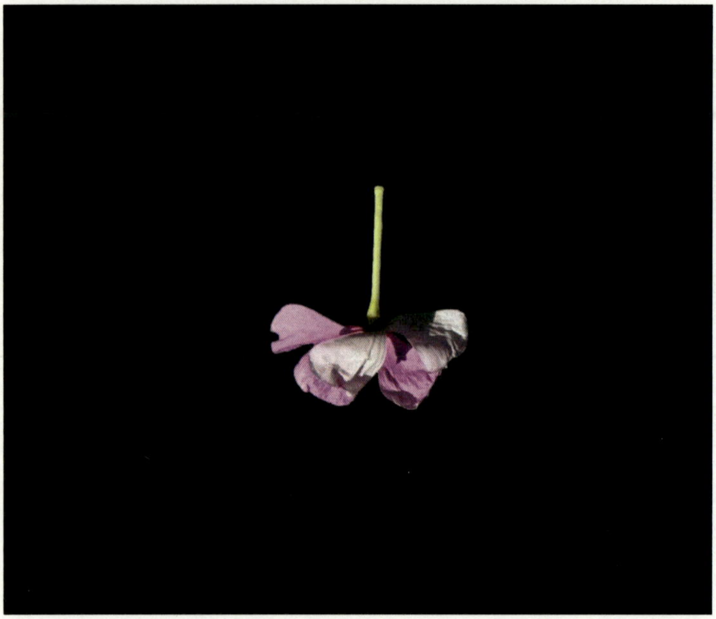

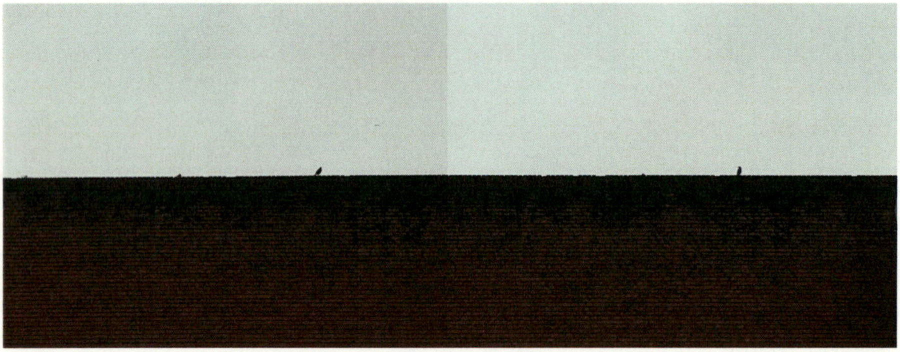

印章

這枚印章
是某個詩人來過這世間
活過
的簽印

隔了幾千年

隔了幾千年
你我在詩牆上
遙遙相望

柳枝

因為李商隱燕台詩中的柳枝
在杭州西湖精攝此圖

春夏秋冬

卻只記得
短短的
一句

終日相思卻相怨

如一棵孤伶伶的柳樹上
這段枯枝

沒有葉子沒有花也
沒有結果

卻像那人

令人
終日相思卻相怨

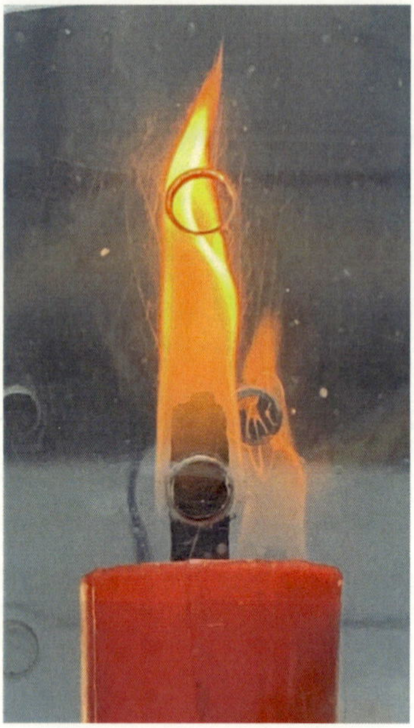

李義山的無題詩

李義山的無題詩

每一首
都用蠟燭的火尖當筆尖
來寫

留得枯荷聽雨聲

留得枯荷聽雨聲

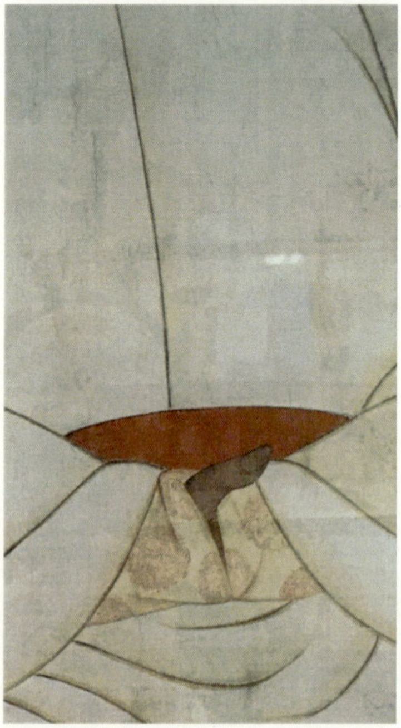

李商隱坐著

李商隱坐著

我們和年輕的楊慎
站在一起看澎湖的夕陽
幾度紅

皇帝這樣比讚

皇帝這樣比讚

以為是勃起左彎的陰莖
卻是他的大拇指

天下第一

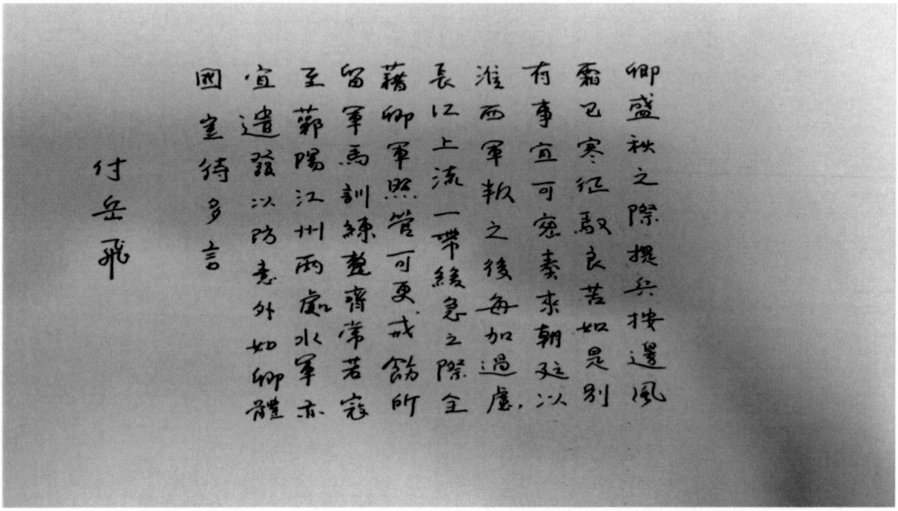

卿盛秋之際提兵按邊風
霜已寒征馭良苦如是別
有事宜可密奏來朝廷以
淮西軍叛之後每加過慮
長江上流一帶緩急之際全
藉卿軍照管可更戒飭所
留軍馬訓練整齊常若寇
至蘄陽江州兩處水軍亦
宜遣發以防意外如卿體
國豈待多言

付岳飛

白話宋高宗給岳飛的手敕

循著你的御筆
起伏
如你當年感謝肯定的思緒
體會

這封手敕的意思是
下班後就是兄弟

有任何事情
隨時就Line來

在你們彼此沒有翻臉成仇
之前

像宋徽宗

中空在裱月秋花春詞的命絕將你　樣一軸橫萼翠依芳穠的國亡宗徽宋像

疊字

像一隻蜘蛛
孤獨地扒在黑暗中

用十六支手圍起來
找字

靈魂上下
鏡射

憂鬱得更憂鬱

詩與詞
好上加好

那人在燈火闌珊處

那人在燈火闌珊處

那傷口

那傷口變成一個廢棄的槍口
永遠對著你

看到

看到一個因為一再砍伐受傷而別過去的臉

你躲在牆角

你躲在牆角

兩面白牆似雪

那淒厲的呼喊

那淒厲的呼喊
如一條直線直直射出
到現在你還聽得到

這落髮

這落髮

是你床單上的的簽名嗎

你貼牆站立

你貼牆站立的姿勢
比那站壁的女子
更孤單更寂寞
無人聞問

球門

球門
兩個都寂寞

如沒有魚來躍的龍門

你沒球可踢
也沒有球可進

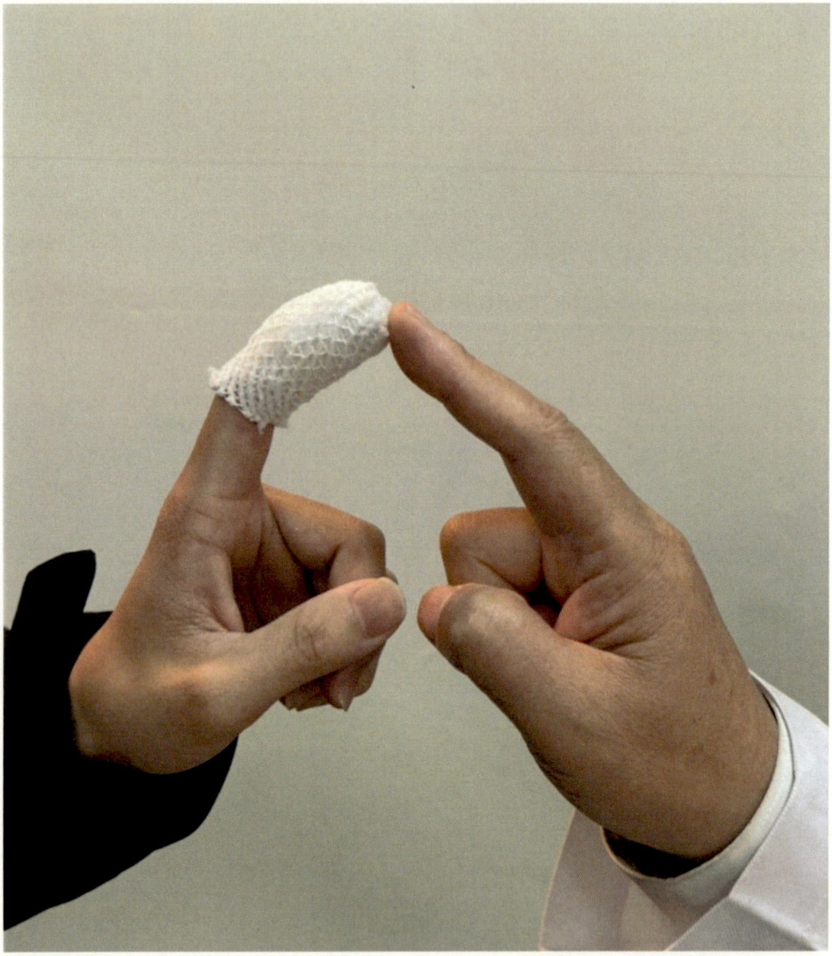

加油

在診間

食指對著食指

如在茫茫的宇宙間

一架太空梭搖晃靠近

求助

醫生幫你

空中加油

祝你早日康復

葉子

葉子

落下

如伊最後的身影

癌症來了

癌症來了

人生親像一點露

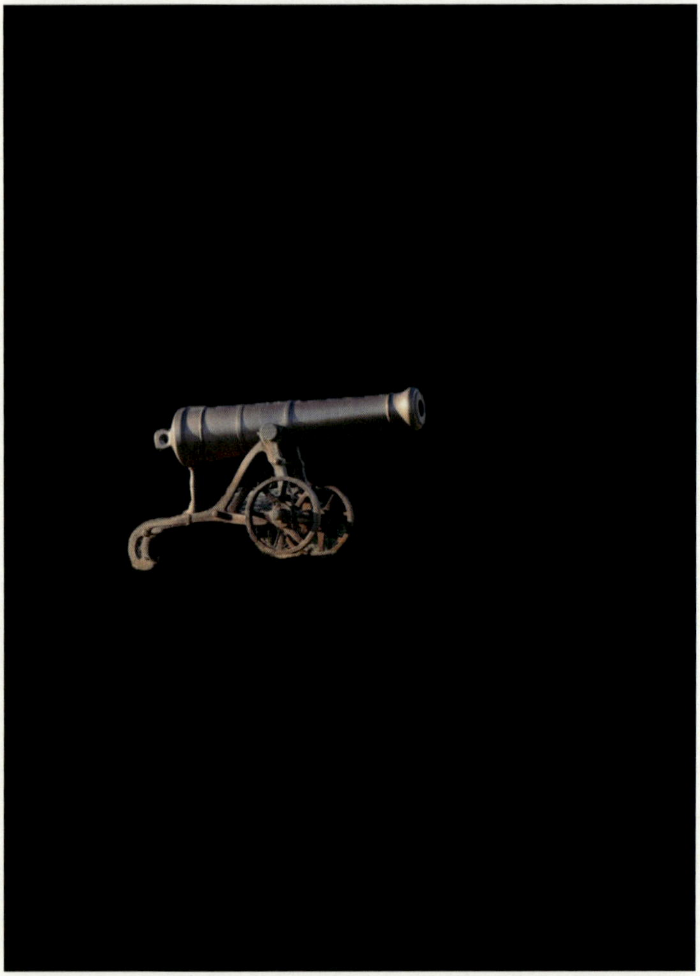

有一天

有一天
你無法克服治癒的病突然來襲
如來自地獄的各種飛彈

擊中你們家
引爆悲傷的大火

65

六十五歲

六十五歲

是一個鋼鐵的籠子

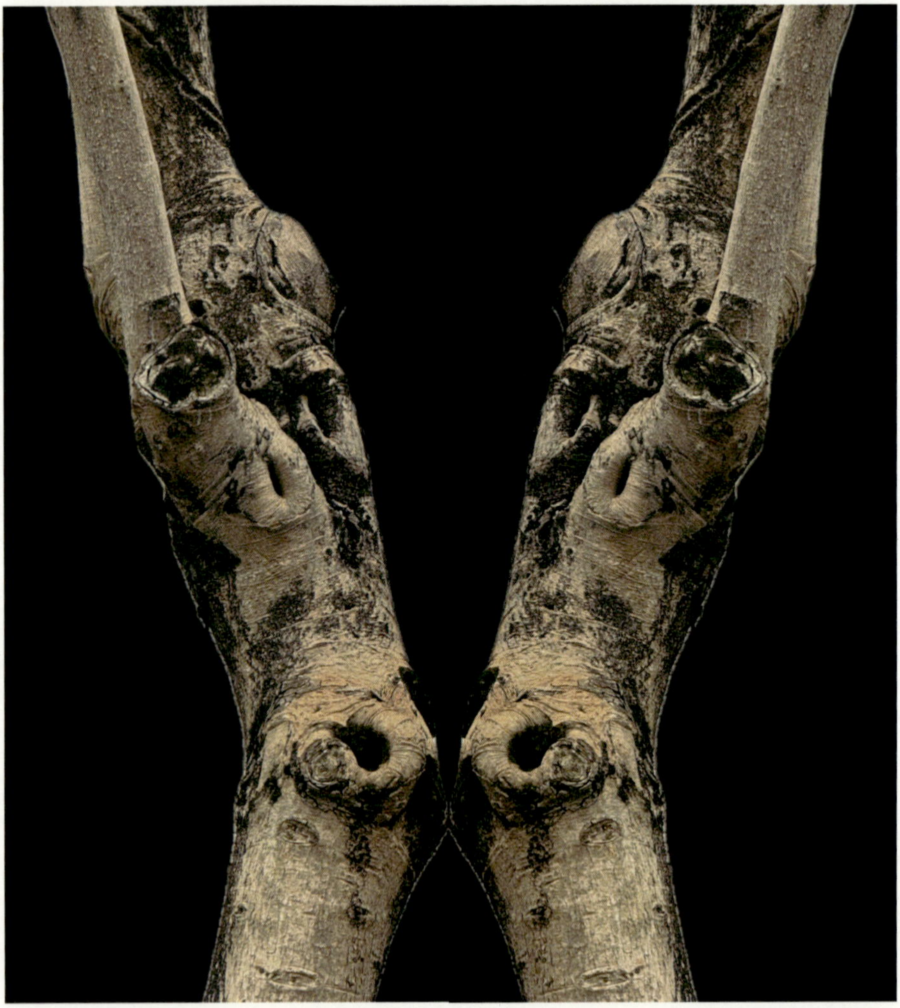

對著鏡子

六十八歲的我在這棵菩提樹幹上看到自己歷盡滄桑的臉

這些被砍的樹之一

這些被砍的樹
枯落的葉子

總傳來悲傷的表情
負面的能量

這些被砍的樹之二

這些被砍的樹
枯落的葉子

總傳來悲傷的表情
負面的能量

一砍再再砍

一砍再再砍　又被綑綁起來
非死不可的一棵樹

八十八歲坐輪椅的妳

八十八歲坐著輪椅的妳

已經揹不動九十歲先生那個包袱

交疊

臨終

倆老

如這兩片落葉交疊

而憶昔

戀愛新婚

接吻

也如這兩片葉子交疊

那對老夫老妻

那對老夫老妻　如兩片落葉先後飄墜

飄落

我對著天空拍攝葉子時
正好這片葉子掉下來

沒想到他的姿勢
竟宛如一隻小鳥

被一支長針正正射中腹部
哀痛的落下來

在時間的指揮下

在時間的指揮
在春神的鼓譟下

那小葉子們
成隊成串
磨拳擦掌

向前

沿著枝幹
猛追過來

逼

速度超快

那一枚老了
退到了盡頭的葉子
看不是勢頭
不得不

只好
黯然讓位
離枝

高空跳下去

很害怕
卻無法管
這身軀會墜向何處

葉葉有表情

我所認真照相的
這些枯葉

一葉　一葉
每一葉都有表情

他們大部分孤苦
含怨
又不甘願

這些

一如
我在當醫院院長時巡視
那一間又一間的安寧病
房
所看到的

那一個又一個
全身蓋著棉被
只露出臉的

臨終

又不願意死去的
末期病人

及老人

想起母親

走在街道
看到這枚露著笑意的枯葉
不禁想起已經過世的母親

母親從小撫養我們　餵養我們
她宛如一棵大樹

我們兄弟姊妹是一片小小的葉子
自母親身上生出來

幾年前
母親八十八歲
在家中
從睡夢中自然地走了
福壽雙全

母親在歲月的催化中
由一棵挺立的大樹
變成了一枚枯落的葉子

她過世的時候
沒有愁容

令人安慰

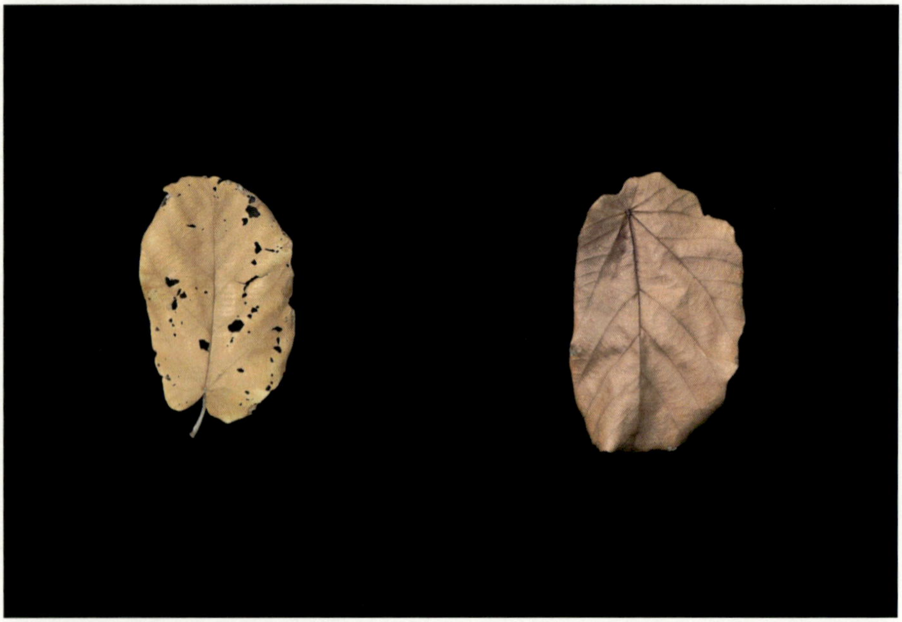

如你的一生

晚冬
近年關

到公園拉單槓治療脖子及手臂的痠麻
順便照像

樹下滿是落葉
把它們撿起來
當鏡子

這一枚落葉
長這麼大

到死前
都沒有被蟲咬

福壽雙全

這一枚雖然也長大
卻被蟲蛀

咬得千瘡百孔的

如你的
一生

這枚落葉

這枚落葉
五官分明

滿布皺紋

彷彿尚未完全卸妝
還戴著祖母綠耳環的
老貴婦

夜色終於來臨

夜色終於籠罩

凌淵閣牆壁上的御容和功臣們的臉像這枚枯葉

在樹下撿到

在樹下撿到一個用葉子雕琢成的
遼國公主阿孋的金面具

把一片落葉當銅鏡

把一片落葉當銅鏡
照到已經這麼老的自己

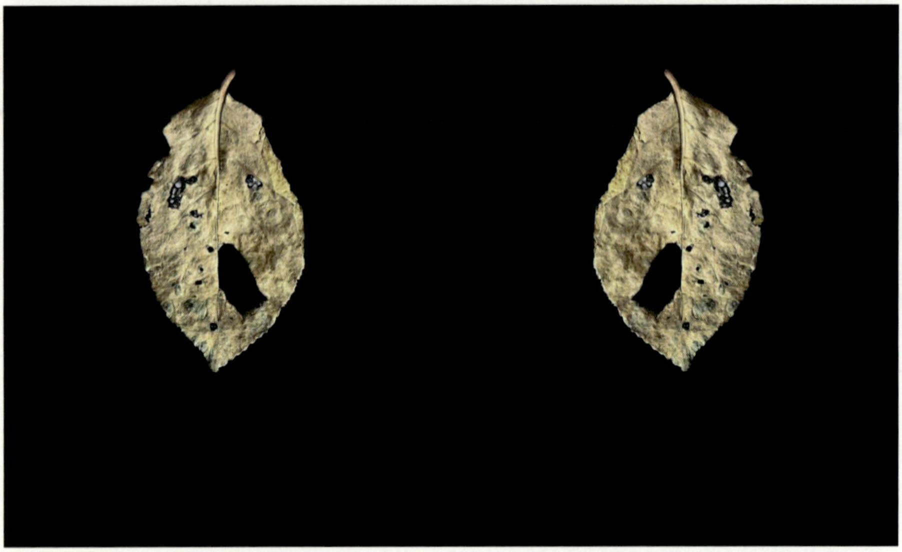

臨終

臨終　你只能對著鏡中的自己一起吶喊

想起

想起那左側上額癌切除全上額骨加上放射治療後臉頰一邊凹縮的您

不知

您現在還好嗎？

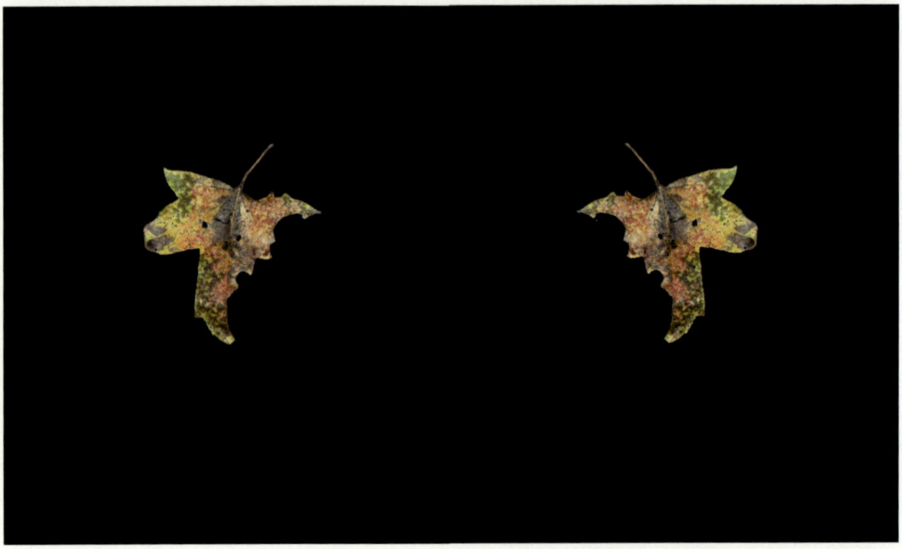

那不就是

過去平平順順的

以一枚葉子的資歷來看
很完整

由小　而中　變大
由嫩黃　碧綠到暗綠
而後被蟲咬　蟲蛀
變乾
枯紅

轉褐
轉黑

再離枝　墜落風中
落到路面

鋪著
靜躺著
被我看到

那不就是
曾經縱橫商場　官場
成就輝煌
晚年罹患癌症
歷經多次手術折磨

最終臥在病床上
蓋著棉被
褐黃著一張臉
睜著
落漠的雙眼
望著來探病的我的
老大

您嗎？

斷枝

所有葉子都團結在這一斷枝之上

像朋黨　一人奪權占位　拉拔滿朝新貴
衣紅冠碧帶黃　昂首齊步走

突然去職
一起凋零
再如這一枝的葉子
一夕之間
同時掉落

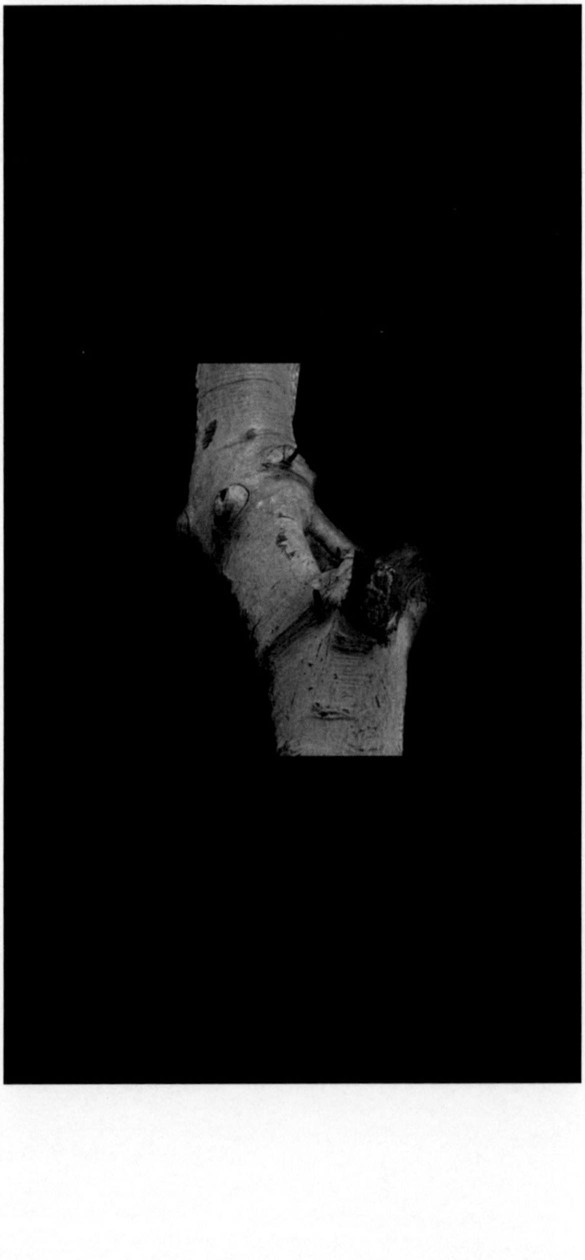

樹的表情

經過多次

很多次無端的砍伐

我英挺的臉

竟長成了這樣

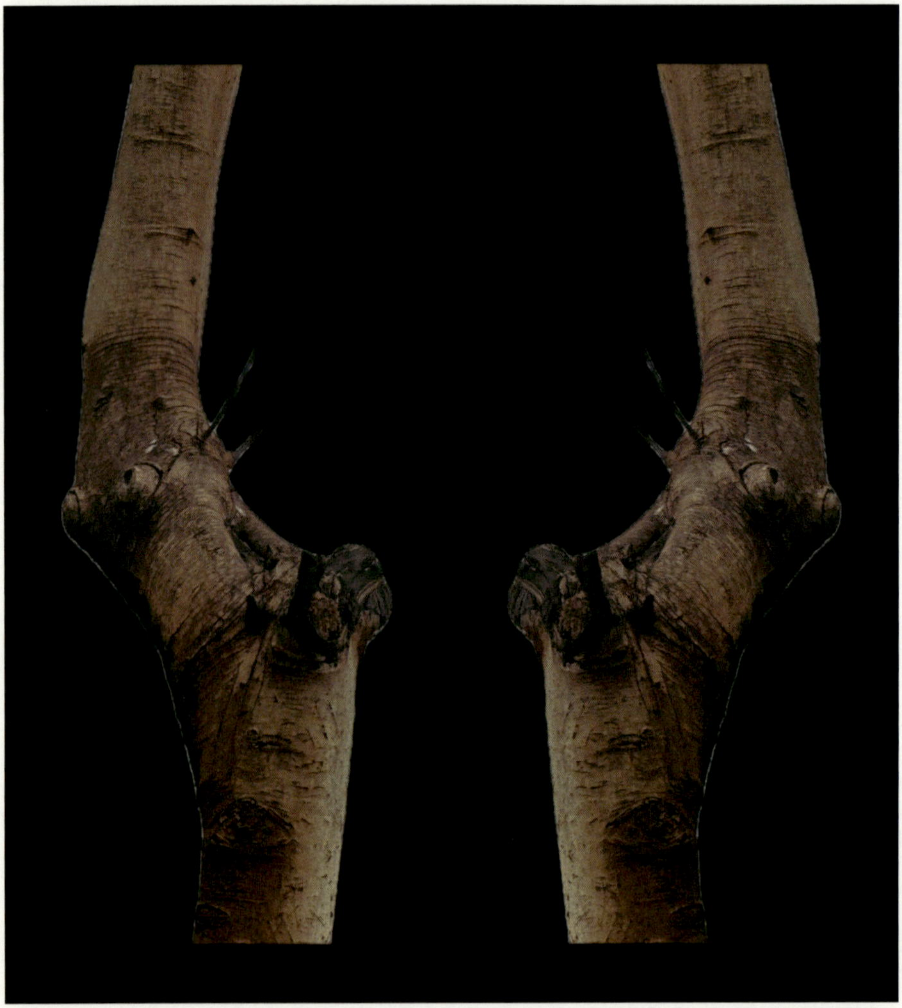

細看　各有各自的盤算

細看

這棵樹上竟有好幾張不同表情的
臉

他們是因為多次被不留情的砍伐
才被描繪或刺青在樹幹上

他們彷彿被過去
綁架

一起被關在樹幹上

他們被關在樹幹上
已經很久很久了

沒有解脫的可能

但

仔細看
這每張臉的眼睛
他們看的方向
注目的方向
都不一樣

彷彿
他們彼此埋怨
各有各自的
盤算

不情願掉下來的

不情願掉下來的

這一隻

小樹枝

很凶

竟有

竟有幾枚落葉
在雨中楓樹的倒影中
找到
自己生前懸掛的枝頭
再掛上一次

某日憂鬱

某日憂悶

與一樹枝相見
覺其　亦甚憂愁

牆頭上生存

牆頭上生存都那麼艱難了

一枝就好
為什麼要再分叉出去

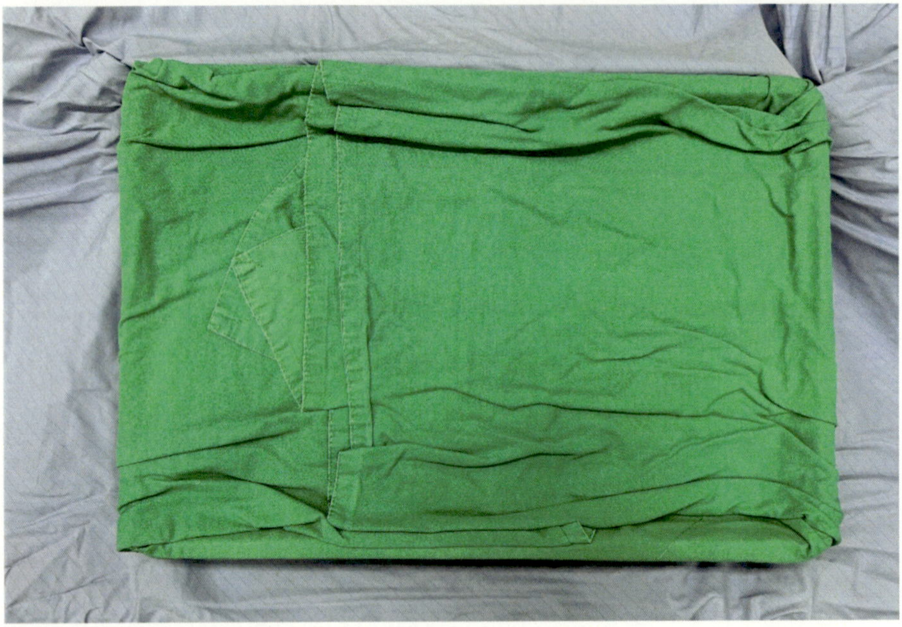

學生及手術室

手術室

不是殺人
是殺時間
最好的地方

一早進去　出來天就黑了

學生
是手術台上最孝順的兒女

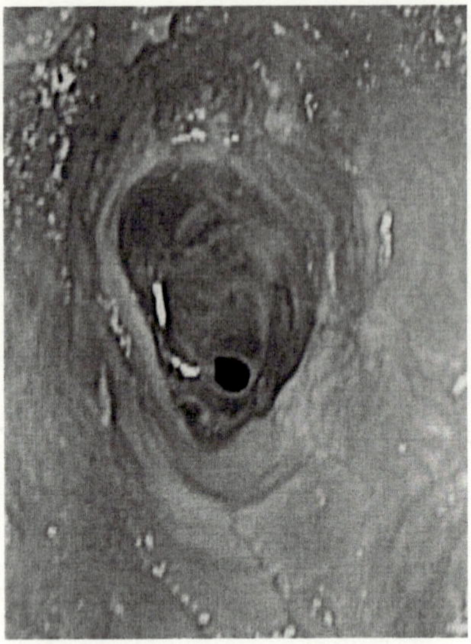

病人的另一種吶喊

手術都兩次了

耳膜破孔怎麼沒有補好

仰望

仰望高空中遙遠的鋼樑吊掛

如鐙骨

想起年輕時渴望要開鐙骨切除術的自己

上樑

一九九四年在北醫附設醫院手術室第一次獨力完成鐙骨切除術
成功拉起鐙骨改善了病人的聽力
如幫自己未來的耳科學大樓上樑

你方方正正

你方方正正
佇立在冷冷的杯盤之中

那情緒

那情緒

像翻倒的油漆
濺得每個人
一身都是

我們倆真心的建言

我們倆真心的建言
像這幾綻藥片

被棄置在市場邊的馬路上

臨終

臨終

你將詩寫在白色的降幡上

不婚

不婚　到老

人生那長長的列車廂中只剩下子然一身的你

纏著水管

纏著水管
聽水聲
一直上上下下
卻喝不到水的樹

海切一塊

海切一塊

放在屋子裡的感覺

就是游泳池了

感念

在極度黑暗及冰寒之中

您點起一盞燈

如升起一顆太陽

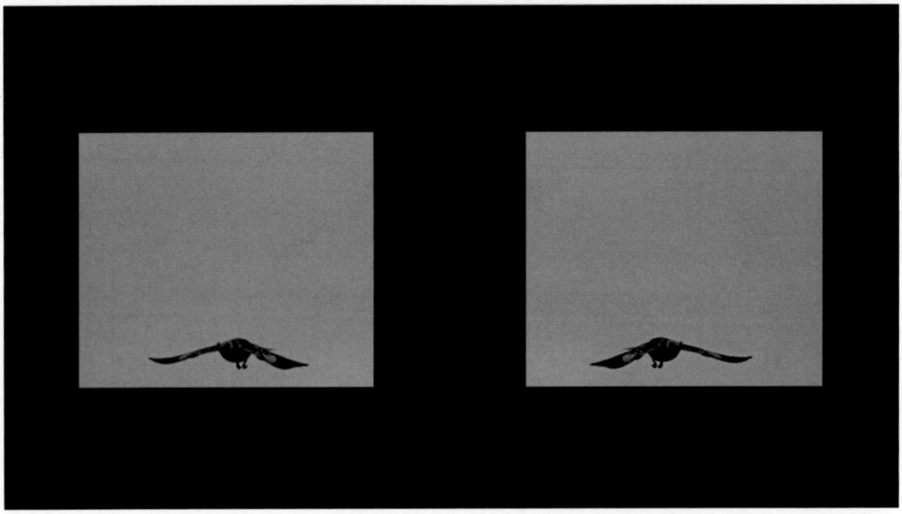

注視著

注視著
以撇當右翼
以捺為左翼
由蘭亭序的墨色中飛近

今日股市

今日股市

如在下大雪
大夥都靜靜佇立
在枯枝上

縮著翅膀
無言

無法溝通

無法溝通　我不是你

孤獨地蹲在寂寞又空無的水裡

終有一天

終有一天　而且不必太久

我就會從你的視野中永遠飛離

在富春江邊

在富春江邊　想到昔日書聖在蘭亭留在水邊的數筆

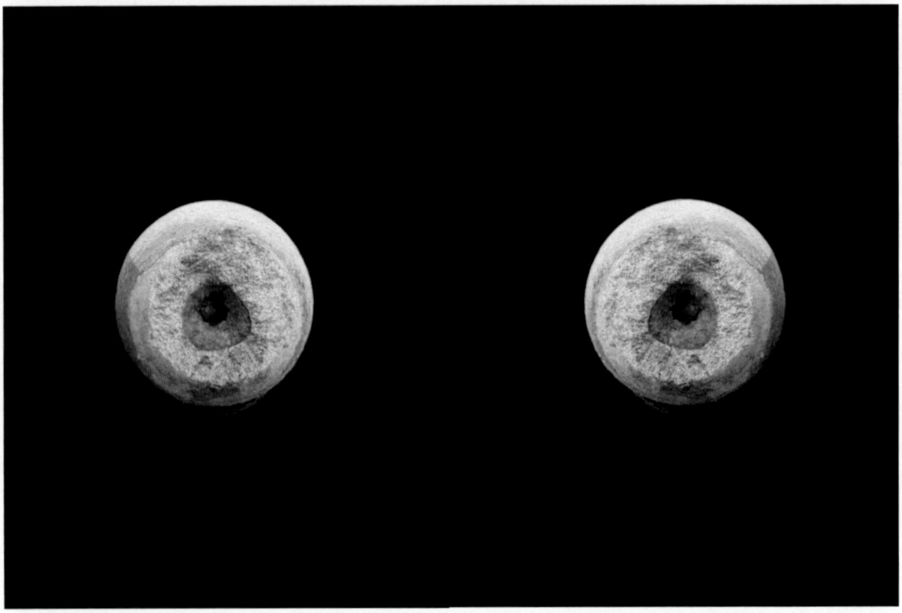

悲傷地看著

悲傷地看著被核子彈炸毀的星球

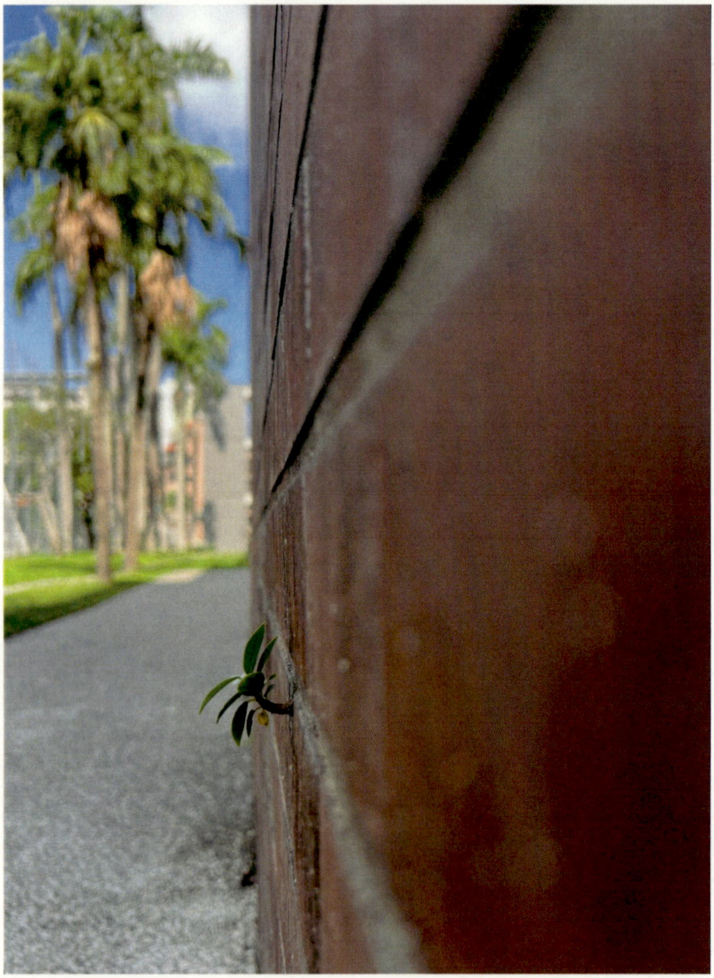

地球上

地球上

每一個朝代

都如這牆上的這小樹

時間到了

就會被剷除

日月

日月被你們狼狽成這樣子

我看

那天

你們會把太陽也給弄熄滅了

之前

之前你是一棵盛大的樹
如今變成一個甕
裝著蔓草

如廁時窗前所見

如廁時窗前所見

右下角是撞牆
熄滅了的
心思

左邊是一咬再咬
吐出來的
殘念

妳撕裂的信箋

妳撕裂的信箋
在地上

如一隻小白鴿
佇立

請隨手關門

各自須尋各自們

各自須尋各自們

而每個門都用這樣的表情看著你

四個象限都是浮雲

四個象限都是浮雲

是好　還是不好

怎可能

怎可能
有永遠的楚河漢界？

那隻鳥

那隻鳥
看著雲
像雪一樣
崩下來

色不變

一棵年齡很大的樹在跑

一棵年齡很大的樹

在

跑

被我看到

她尪婿出軌

她尪婿出軌的那一支
用鐵鏈也鍊不住

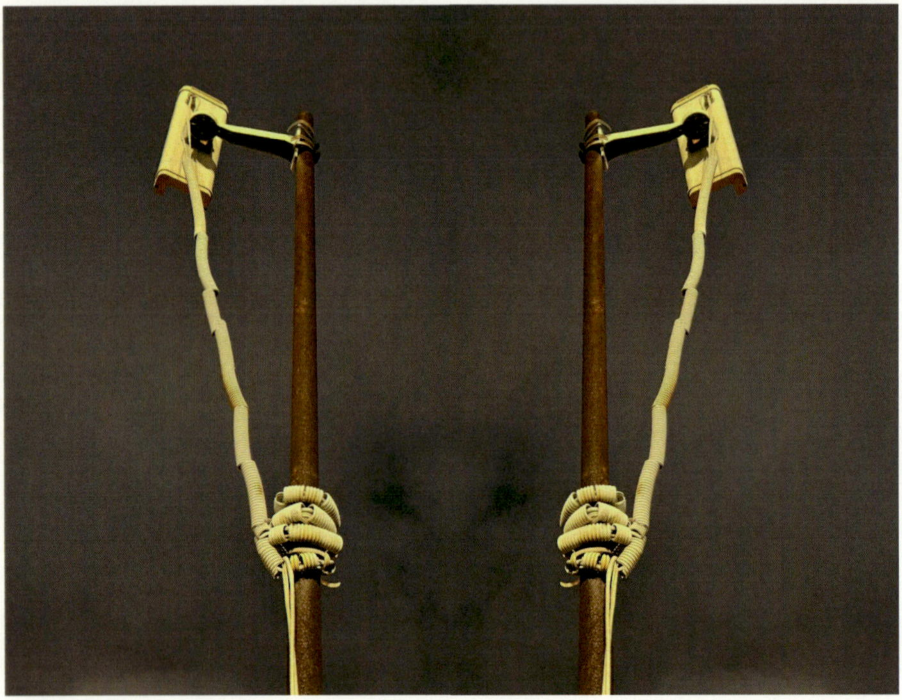

想起你

想起你　兩手牢牢地抓著那沒有用的權杖

ADATA

那 128G 的 USB

那 128G 的 USB 的包殼脫落後

我第一次看到這個替我工作一年多的機器人

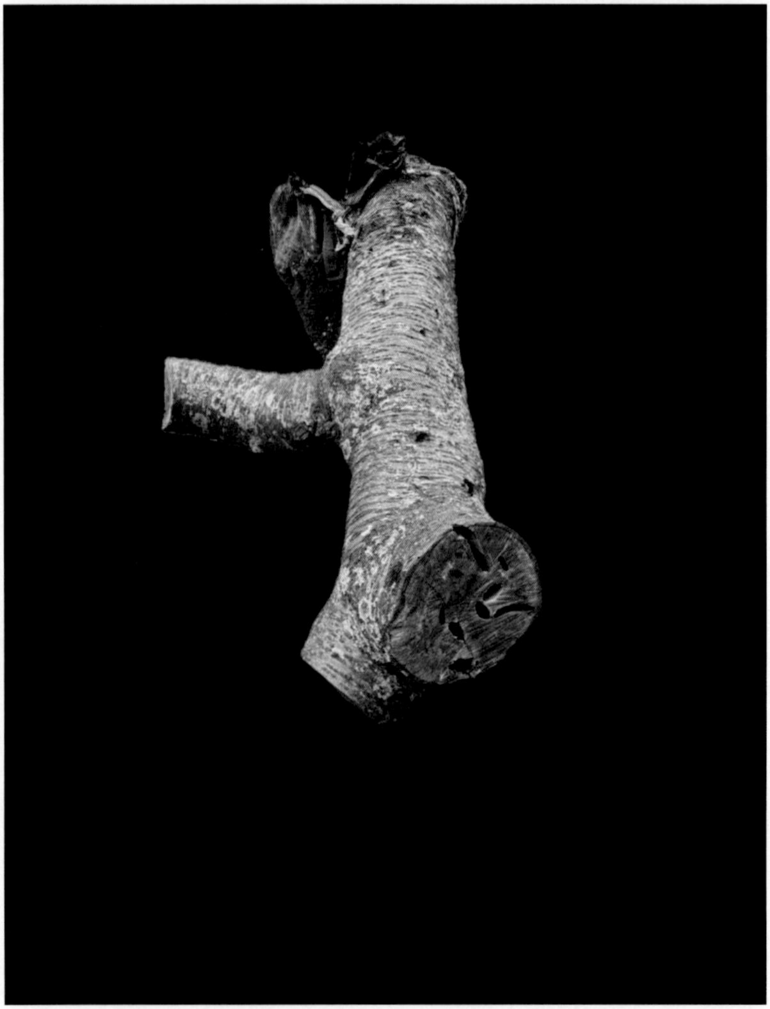

當年曾經你很櫻花

當年曾經你很櫻花

在直立大理石和鋼板的裂縫中

在直立大理石和鋼板的裂縫中橫著長
向下　轉個彎　再向上生出片葉子
如荷

詩眼

詩眼

在不同顏色的高牆與高牆
的裂隙邊

更悲哀

在裂隙中
一樣花開花落

只是三春一罷
更快

諸芳全盡

而你拚命堅持

是那最後凋零的
一朵

有比較了不起嗎

或許
更悲哀

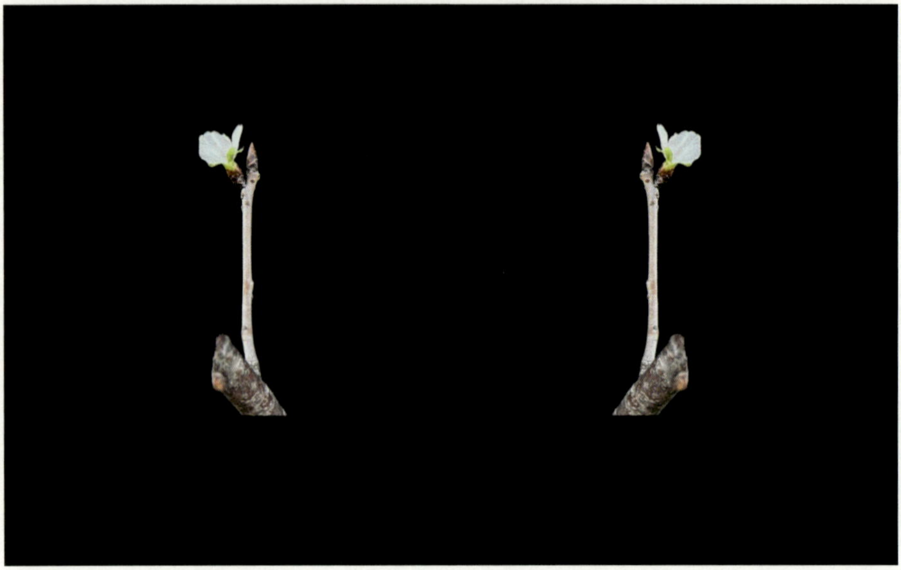

整棵樹就只開一朵

整棵樹就只開一朵

已完全可以代表妳春天的心情

宛如

宛如石牆裡穿出一枝綠竹
向下懸空

綠葉如定住的瀉洪
有序

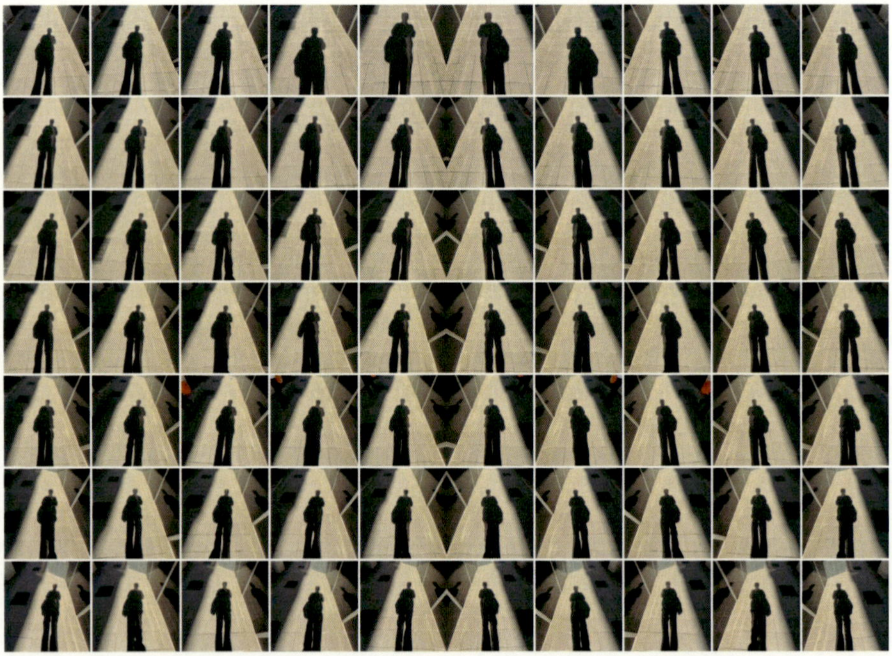

像這隻尚未長成蝴蝶的毛毛蟲

像這隻尚未長成蝴蝶的毛毛蟲
你將婉轉的思念
寫在花葉上

要寄給遠方的她

你背著一個影子

你背著一個影子和無數的影子在戰鬥

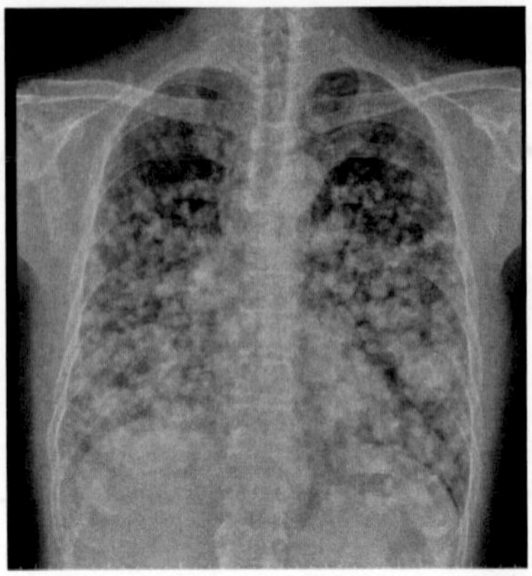

這個

這個被多發性轉移癌雪滿的肺葉中
有張臉

用一雙悲傷的眼睛無言地看著你

訃聞傳到

訃聞傳到

懷念你

想起昔日那隻逝去的鳥影

告別式裡

告別式裡　你在你自己的照片中　看你自己的一生
不怎麼樣地盆景著

100
60
90
60
總重20噸以上
大貨車

九十到一百

九十歲到一百歲之間
黑漆漆的

不曉得
有沒有
這段路

九十歲到一百歲之間
黑漆漆的

應該是
沒有
這一段路

如果有的話

我想
只有繼續寫
用詩
當路燈
照亮

才能好好走完這一段路

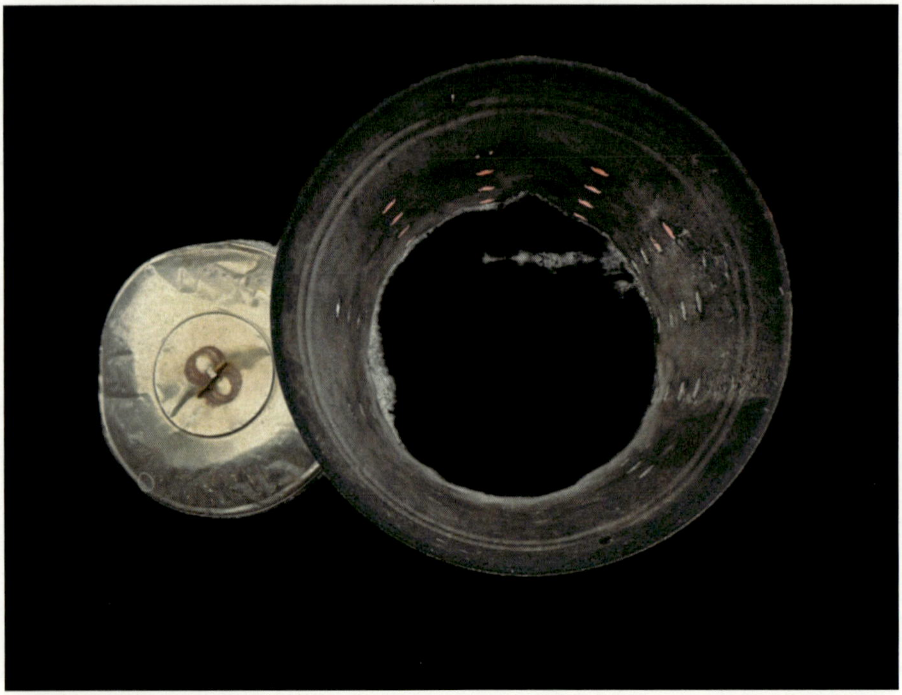

您收到了沒？

生前
你捨不得用

錢

現在我把它們

燒成了灰燼

都匯給您了

您收到了沒？

有錫箔包的三顆良藥給你

有錫箔包的三顆良藥給你
一顆　不叩不嗚
一顆　小叩小嗚
一顆　大叩大嗚

被你亂吃
亂嗚

遂成過量
毒死你們的彼此

失意

流落街頭
你扒在你自己的影子上

被你過去的影子背著
奮力爬行
不要倒楣
突然被一腳踩死

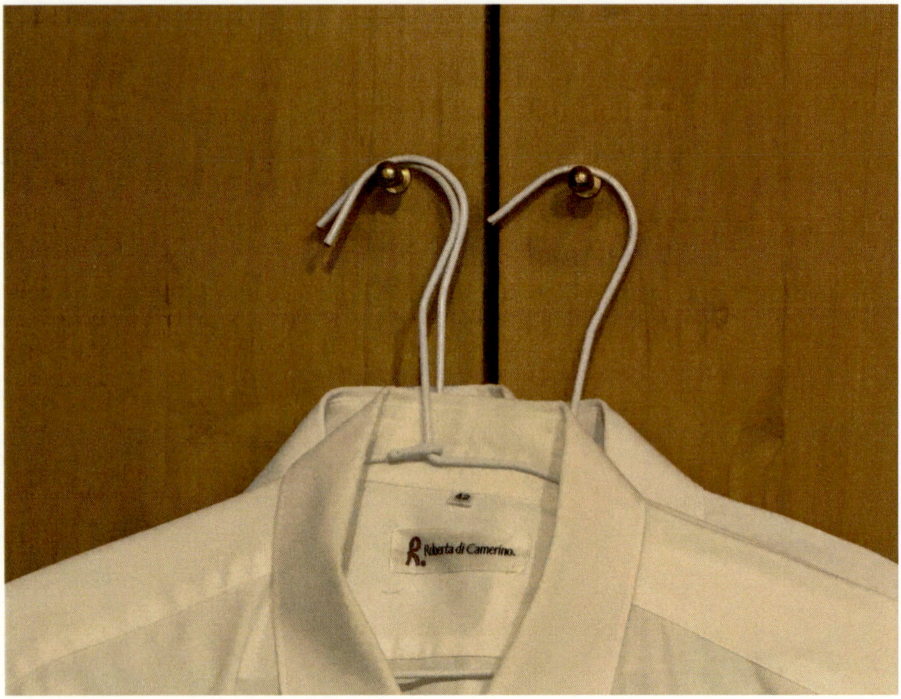
42
Roberta di Camerino.

你走了以後

西裝掛在牆上
如被釘在牆上的影子

領帶也掛在牆上
彷彿靜止
不會走的時針

你的鞋　仍擺在門口
像你回家的樣子

彷彿即將按門鈴
而永遠沒有聲音響起

牆上　你的照片
即使熄燈了
仍一直看著我

你那些辛苦收集的照片
也仍占滿書房

每丟掉一件你的遺物
就哀傷地告別一次

你告誡子女
不能反對我再婚

老年需要有伴啊

而你走了以後
真能有什麼伴啊

只能
一存一亡

孤獨的地球與人間

有一朵花

有一朵花完成爆炸
俯衝下來

被砍斷的樹

這棵被砍斷的樹
不甘願

憤怒

不斷長出葉子
來咒罵

在開刀房想起 Michael J. Jackson

應該是同樣場景

那醫師拿出白色的針筒
注射

但卻讓你永遠睡著了

你不像我這個病人
立即經由嘴巴插入氣管內管
然後用白色膠布條綁一個大 X
將管子固定
灌入氧氣

Propoful 乳白
不屬於
黑色的
夜

你是這星球有史以來最會跳舞的
一隻黑豹
卻死於這一支乳白色的
Propoful

你活得既複雜
又焦慮

是誰幫你想到
打 Propoful

一針
就可以立即死去
暫時離開這困頓的星球

沒想到那 Propoful 竟將你推得太遠
竟然回不來

這次不像上次

無法像一再重複的過去

將睡去
當成
小小的死去

冒險一下
就能夠回來

我們的親人送入開刀房麻醉
我們都非常擔心

他們一睡下去
就死在那手術床上

而我也打過
做無痛腸胃鏡麻醉時享受過

睡了一個最舒服的覺
好像舒服的死去
又重新回到世間

該忘記的不好
都忘記了

身上不該背負的
該丟棄的
也全都丟光了

難怪這星球有史以來最會跳舞的
你會愛上它

二十年前究竟是誰發明了這個

在開刀房想起
二〇〇九年六月二十五日過世的您

像跳舞一樣創新
注射鎮靜劑來治療失眠

推翻了
口服藥及按摩

10cc乳白液注入紅色的血管
交換八小時幸福安靜的眠夢

啊
畢竟過了一點

竟掉入千古
睡入永夜

感謝關注

李飛鵬

PG3136　斜槓詩系02

李飛鵬攝影詩集

作　　者 / 李飛鵬
責任編輯 / 劉芮瑜
圖文排版 / 陳彥妏
封面設計 / 王嵩賀

發 行 人 / 宋政坤
法律顧問 / 毛國樑　律師
出版發行 / 秀威資訊科技股份有限公司
114台北市內湖區瑞光路76巷65號1樓
電話：+886-2-2796-3638　傳真：+886-2-2796-1377
http://www.showwe.com.tw
劃撥帳號 / 19563868　戶名：秀威資訊科技股份有限公司
讀者服務信箱：service@showwe.com.tw
展售門市 / 國家書店（松江門市）
104台北市中山區松江路209號1樓
電話：+886-2-2518-0207　傳真：+886-2-2518-0778
網路訂購 / 秀威網路書店：https://store.showwe.tw
國家網路書店：https://www.govbooks.com.tw

2025年1月　BOD一版
定價：550元

讀者回函卡

國家圖書館出版品預行編目

李飛鵬攝影詩集 / 李飛鵬圖.文. -- 一版. -- 臺北市 :
秀威資訊科技股份有限公司, 2025.01
面 ;　公分. -- (斜槓詩系 ; 2)
BOD版
ISBN 978-626-7511-50-3(平裝)

863.51　　113019069